更好
的一年

Jul
—
Sep

U0026487

作者 — Luck yLuLu

為生活做出一些規劃，為規劃的事做出一些行動，
日子會逐漸變成你喜歡的樣子

當你被小事困擾著的時候，
要記得世界仍準備了許多驚喜等著你去發現

討厭的事也好，傷心的事也好，
正因為經歷了，才更懂得如何活著

如果你不想被拯救，別人給予再多幫助都是多餘的

有些事情不需要原因也可以盡情發生，像是幸運、像是哭泣

人在傷心的時候，講話會比平常更溫柔一些

你想要的，都在你此刻的努力裡

你沒辦法控制別人嘴裡的閒言閒語，
但你可以控制自己的心隨時保持堅定

選擇讓自己感到舒適的方式生活,儘管這個選擇跟多數人不同

總是害怕失敗而不敢嘗試的話，會慢慢變得一無所有

在努力符合別人的期望之前，
先確認自己是不是喜歡自己此刻的樣子

你所做的每一件事，不管是多小的事情，
都累積在你的過往裡，他們會有盛放的一天

練習對自己説「沒關係」

要認真生活，為了有一天與重要的人相遇；
要認真生活，因為遇見了重要的人

不用時時刻刻保持勇敢也沒關係，學會享受舒適圈帶給你的平靜

不斷往前奔跑的日子裡，
有時候也停下來好好想想自己正走在想走的路上嗎？

無論是好的情緒還是壞的情緒，都要好好感受

靜靜地聆聽，就是最好的安慰

如果你跌倒了，別急著爬起來，可以順便看看天空

在你最無力的時候，你的夢想會接住你

不隨便討好別人，看起來更加迷人

你的心很珍貴，千萬別把它浪費在不夠值得的人身上

比別人的肯定更棒的感受是，你打從心底喜歡你正在做的一切

盡心去愛的時候，就能感受到更多愛

試著控制憤怒，而不是被憤怒控制

所有説出口的話，都要在心裡反覆幾次，確保它們並不鋒利

再小的事，不斷累積也會成為奇蹟的

我覺得努力和休息的完美比例是 8:2

做一個強大而不失溫柔的人

即使有了另一半，也沒有人可以取代妳的重要性

別再抱怨日子一成不變，你隨時可以做出改變

正因為每個人都獨特，世界才那麼美麗

不再輕易被別人說的話影響心情，內心就會變得晴朗

做一個好人之前，先做好一個人

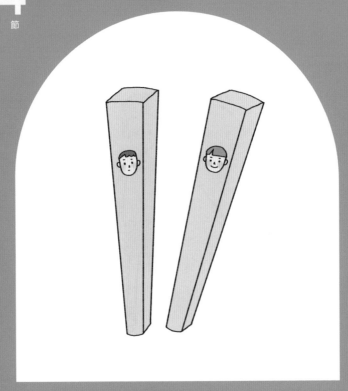

放心地接受別人的幫助、接受別人的祝福

不是不再被挫折擊倒，而是好起來的方法越來越明確

把你想過的人生，從理想變成現實

選擇對自己好的，儘管會經歷陣痛期；
做選擇的時候，要想著自己是多麼想過得幸福

因為你在身後，不管遇到什麼事，我都能勇敢

旅程會有結束的一天，但留在你心裡的風景永遠不會消失

提不起勁的時候，比起半調子的努力，應該選擇認真的發懶

大多時候，比起逛街，去大自然裡走走更能安撫焦躁不安的心

別把不在乎你的感受的人，放在心上

放棄一件事跟開始一件事一樣，都需要很大的決心。
只要做出你認為正確的決定，就是好的決定

無論身邊有沒有人陪伴，妳都要過得很好

「做不到」，只有已經嘗試努力過的人，才能說出口

遇到事情的時候，先把情緒照顧好，事情才會順利解決

不要讓不在乎你的人，一次又一次踐踏你的心

讓自己的價值來自自己的行為、散發的氣質裡，
而不是別人的肯定或否定裡

記錄你的感受，快樂的事和悲傷的事，都是你的故事

感到痛苦，卻無能為力做出改變的時候，
試著嘗試一些新的事情

給自己一次逃跑的機會

談戀愛談的是快樂，談談那些讓你感到快樂的事

喜歡的東西，自己爭取；
想去的地方，自己出發；
不能失去的，自己捍衛。

還是可以跌倒，只是每一次，你都能更無畏地重新出發

用你的行動改變現實，而不是讓現實不斷地改變你

做一個不夠開朗的人也沒關係，
只要在感到快樂的時候微笑就夠了

所有看不見盡頭的傷心，都是通往下一階段成長的路

做自己並不是一件需要道歉的事

要過得幸福，因為你身邊的人都會因為你幸福，而感到幸福

努力不一定是為了多大的成就，
而是為了能有更多的選擇，過喜歡的人生

培養一些好的習慣，然後堅持，他們會逐漸成為你的氣質

要擁有獨立思考的能力，自己判斷一件事情的好壞對錯，
而不是總是跟隨別人的看法

能夠感受到平凡生活的美好，是一件幸運的事

那些你打從心底擁有的善意和真誠，一定會被感受到的

如果路途遙遠地讓你感到疲憊，
就開始練習放慢腳步、欣賞路上看見的每一處風景

在能力所及的範圍，做一個「給予」的角色

難過的時候不要勉強自己保持微笑，
而是練習找到方法表達那些傷心

如果你不放棄的話，
最糟的結果不過是晚一點看到成果

時間不一定能治好你的傷，
但時間會教你如何與過去的自己相處

「喜歡你、想成為你的依靠」是抱著這樣的心情相遇的

你不用當一個好孩子、不用符合任何人的期望，
你不用有什麼遠大的夢想、或是亮眼成績，
你只要每一天都活得像自己，就是最好的事了

不管以前發生過什麼事、以後可能會發生什麼事，
此刻、眼前的人，才是你最該珍惜的

我還在路上、還在不斷努力著，
可是這些辛苦的過程，都讓我感到踏實而且幸福

無論如何都要相信這個世界上有善良的人、會發生溫柔的事，
有一個地方，正在等你抵達

⁰14

音樂情人節
相片情人節

心動之後是心安，我們的長久，是因為這些心安

你所擁有的自由，背後是一段又一段努力和堅持的故事

有些傷口也許不會癒合了，
可是你可以試著不讓他越來越深、越來越大

順著心意生活，該享受的時候享受，因為你努力過

如果你想搞清楚悲傷的模樣，總有一天還是要回到有光的地方

對所有事都是 —— 心看得越開，越能感到開心

「累了就逃走吧！」
抱著這樣的心情，敢於面對的事情反而變多了

當你到了更高的地方,就更能原諒過去發生的壞事。
因為他們不再能對你造成影響

做一個説到做到，腳踏實地的人

在無數種表達方式裡，
我最喜歡那些從眼神中不小心洩漏的喜歡和在乎

狀態好的時候,盡量去冒險、去挑戰;
狀態不好的時候,好好享受舒適圈帶來的安全感

如果你不喜歡現狀,做出改變。
不管會不會成功,總比抱怨好一些

「想念過去的美好」，讓這件事成為助力而不是阻力

你看過的風景、遇見的人、到過的地方，
是你此刻如此耀眼的原因

人所擁有的最大優勢，
就是永遠都能不斷學習和進步

幸福的事，每天都悄悄地發生在生活中，
別因為負面情緒而忽略了它們

生活是大部分的隨遇而安、適時的冒險、偶爾的逃避，
和每一次的負起責任

讓人心情愉快的七件小事！

② 起床後，
喝杯咖啡，
或是牛奶

① 曬太陽

③ 把物品/檔案
整齊地排列好

電腦桌面

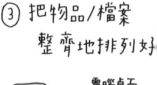

衣服

書本

④ 表達感謝

Thank you

⑥ 睡飽飽的一覺

⑦ 去郊外走走

⑤ 打扮自己

作　　者／LuckyLuLu
主　　編／林巧涵
責任企劃／謝儀方
美術設計／白馥萌

第五編輯部總監／梁芳春
董事長／趙政岷
出版者／時報文化出版企業股份有限公司
108019 台北市和平西路三段 240 號 7 樓
發行專線／（02）2306-6842
讀者服務專線／0800-231-705、（02）2304-7103
讀者服務傳真／（02）2304-6858
郵撥／1934-4724 時報文化出版公司
信箱／10899 臺北華江橋郵局第 99 信箱
時報悅讀網／www.readingtimes.com.tw
電子郵件信箱／books@readingtimes.com.tw
法律顧問／理律法律事務所 陳長文律師、李念祖律師
印刷／和楹印刷有限公司
初版一刷／2020 年 12 月 11 日
初版二刷／2020 年 12 月 29 日
定價／新台幣 500 元

時報文化出版公司成立於一九七五年，並於一九九九年股票上櫃公開發行，
於二〇〇八年脫離中時集團非屬旺中，以「尊重智慧與創意的文化事業」為信念。

更好的一年：無論陰晴圓缺，都是寶藏 /LuckyLuLu 作 . -- 初版 . -
臺北市：時報文化出版企業股份有限公司，2020.12
ISBN 978-957-13-8472-6(平裝)　863.55　109018577